Le Garçon en pyjama rayé

FichesdeLecture.com

Le Garçon en pyjama rayé (Fiche de lecture)

I. INTRODUCTION

John Boyne est un auteur irlandais né en 1971 à Dublin. Il étudie dans des établissements aussi célèbres que le fameux Trinity College, l'université d'East Anglia ou encore l'université de Norwich. A 20 ans, durant ses études en lettres, il commence à écrire des nouvelles, dont une série est publiée dans la presse, notamment dans le *Sunday Tribune.* Il obtient bien vite un succès considérable, ainsi que de nombreux prix de littérature irlandaise.

Le Garçon au pyjama rayé est paru pour la première fois en 2006. Il devient rapidement un best-seller traduit en 35 langues différentes et vendu à plus de 15 millions d'exemplaires à travers le monde. Ce livre, qui raconte l'amitié naissante entre un jeune Juif et le fils d'un officier allemand, obtient peu après sa sortie le *Irish Book Award Children's Book of the Year* et le *Irish Book Award Listener's Choice Book of the Year.* Il a également fait l'objet d'une adaptation au cinéma en 2008, qui connut un succès considérable.

II. RÉSUMÉ

En rentrant de l'école, Bruno, un jeune Berlinois, trouve la bonne en train ranger ses affaires dans des valises. C'est lé début de son aventure. Sa mère lui explique qu'ils doivent en effet déménager, pour le travail de son père. Mais le jeune garçon ne connaît pas la nature exacte des agissements de son père... À part qu'il semble être un officier important. Bruno panique, il a peur de perdre ses amis, et cette vie à Berlin qu'il apprécie tant. Mais il n'a pas le choix et doit partir. Sa nouvelle maison ne l'enchante pas. Elle est moins grande que l'ancienne, plus sinistre, et, surtout, il n'y a pas d'autre habitation aux alentours. Il y croise, en plus, des soldats qui entrent et viennent comme s'ils étaient chez eux, ce qui ne plaît pas du tout à Bruno. Il aimerait rentrer à Berlin mais sa mère refuse, énervée.

La sœur de Bruno s'appelle Gretel et, selon lui, c'est un cas désespéré. Lorsqu'il pénètre dans sa chambre, il évoque pour la première fois le nom de l'endroit où ils se trouvent : Hoche-Vite. Elle non plus n'aime pas la maison, et ses amies lui manquent. Bruno lui dit alors qu'il a vu des enfants à la fenêtre de sa chambre. De celle-ci, il aperçoit en effet le bout de son jardin, puis une immense barrière métallique, en enfin des centaines d'enfants (et d'adultes) qui errent habillés d'un simple pyjama rayé. Les deux enfants regardent longuement les gens, mais sans comprendre pourquoi ils sont là. Bruno décide d'interroger son père sur la question, mais le brillant commandant lui répond simplement que "ce ne sont pas des gens".

Bruno commence donc sa nouvelle vie à Hoche-Vite, toujours profondément nostalgique de Berlin. Il en parle à Maria, et traite son père d'"idiot". La bonne réagit en disant que son père est un homme bon, qu'il a fait de grandes choses et qu'il faut l'écouter. Mais il est interrompu par Gretel qui demande à Maria de la servir. Bruno décide alors de se fabriquer une balançoire à l'aide d'une corde et d'un pneu. Il va donc demander du matériel au lieutenant Kotler, un jeune officier gradé qui discute avec Gretel dans le jardin. Le jeune garçon ne l'aime pas trop, mais il n'a pas le choix. Le lieutenant appelle alors Pavel, un des domestiques de la maison, et lui crie violemment dessus pour qu'il aille chercher un pneu. Mais, quelques heures plus tard, pendant que Bruno se balance, il tombe et s'égratigne assez profondément. Pavel le voit et le porte jusqu'à la cuisine où il le soigne. Il lui apprend qu'il était docteur mais Bruno ne le croit pas : il est simplement maître d'hôtel à ses yeux, et rien d'autre. Sa mère rentre alors, et semble horrifiée de constater que Bruno a été soigné par Pavel. Elle ordonne aux deux personnages de n'en parler sous aucun prétexte au commandant, son mari, et envoie Bruno dans sa chambre.

Le jeune garçon repense alors à son enfance, et particulièrement à ses grands-parents, restés à Berlin. Son grand-père était propriétaire d'un restaurant, et sa grand-mère actrice et chanteuse. À chaque Noël, ils organisaient une petite pièce de théâtre en compagnie de Bruno et de sa sœur. Grand-mère leur fabriquait des déguisements magnifiques, et ils chantaient des chansons. Mais cette année-ci, la fête s'est mal terminée. En effet, après la pièce, la grand-mère de Bruno a regardé son fils, dans son uniforme de commandant flambant neuf, et a soupiré. "Est-ce que j'ai commis une erreur avec toi Ralf ?" lui a-t-elle dit. Le ton monta progressivement, jusqu'au moment où la vieille dame quitta la maison comme une furie, honteuse des agissements de son fils.

Bruno s'ennuie tellement à Hoche-Vite qu'il décide de quitter la maison pour aller explorer ses alentours. Il longe ainsi la longue barrière métallique jusqu'au moment où il tombe sur un garçon de son âge, en pyjama rayé de l'autre côté de la clôture. Il s'appelle Shmuel, et ils décident de faire connaissance. Ils découvrent ainsi qu'ils possèdent la même date de naissance. Bruno se rappelle alors brièvement la visite du Fourreur, quelques semaines auparavant à Berlin. C'est lors de ce dîner que son père a reçu la proposition de venir à Hoche-Vite. Shmuel raconte alors sa propre histoire : c'est le fils d'un horloger polonais, qui a dû venir avec toute sa famille à Hoche-Vite, et qui est maltraité par les soldats. Bruno n'en croit pas ses oreilles. Ils doivent se quitter mais promettent de se retrouver bientôt.

Bientôt, c'est tous les jours que les deux jeunes garçons se retrouvent, simplement séparés par la barrière. La bonne lui raconte un jour l'histoire de Pavel, le maître d'hôtel-médecin. Il apprend qu'il est Juif, et demande à Shmuel s'il le connaît. Le jeune Berlinois ne se rend pas compte qu'ils sont des milliers de l'autre côté de la barrière. Un soit, le lieutenant Kotler est invité à dîner chez les parents de Bruno. Pavel, malade, ne peut éviter de faire tomber une bouteille de vin sur le jeune officier. Celui-ci entre dans une fureur monstre, et renvoie le pauvre Juif... Par la suite, les contacts avec Shmuel reprennent, et Bruno aimerait aller de l'autre côté de la barrière pour voir comment vivent les Juifs. Son ami semble de plus en plus maigre chaque jour, et lui apporte de la nourriture qu'il lui transmet sous le grillage. Un jour, alors qu'il est chez lui, il découvre Shmuel dans sa cuisine. Le jeune garçon a été réquisitionné et doit éplucher les pommes de terre. Bruno lui donne encore un peu à manger, mais le lieutenant Kotler surgit à ce moment. Le fils du commandant n'ose pas contredire le terrifiant officier, et laisse donc son ami juif subir la colère de Kotler sans rien dire. Il retrouve Shmuel quelques jours plus tard, à leur endroit de rendez-vous, alors qu'il n'y était plus reparu depuis l'épisode de la cuisine. Bruno fond en larmes et s'excuse devant son ami, couvert de bleus...

Quelques semaines plus tard, la famille de Bruno rentre à Berlin pour assister aux funérailles de sa grand-mère. Sur l'entrefaite, le lieutenant Kotler est, au grand bonheur du jeune garçon, muté loin d'Hoche-Vite. Quand ils rentrent, Bruno a une vive discussion avec sa sœur, qui lui explique l'opposition des

Allemands supérieurs aux Juifs inférieurs, qui se trouvent derrière la barrière. Mais la discussion est interrompue par la mère des deux enfants, qui découvre des poux dans les cheveux de Bruno et qui décide donc de les raser... Quelques jours plus tard, une nouvelle décision tombe : Bruno, Gretel et leur mère vont revenir à Berlin, tant l'ambiance de Hoche-Vite est sinistre. Le garçonnet voudrait annoncer la nouvelle à son ami, mais ce dernier ne vient plus au point de rendez-vous plusieurs jours. La veille de son départ, il est enfin là, et annonce à Bruno qu'il ne retrouve plus son père. Le petit Allemand décide alors d'échanger ses habits de ville contre un pyjama rayé et de rejoindre Shmuel de l'autre côté de la barrière pour l'aider à retrouver son père. À l'intérieur il se retrouve embarqué dans une foule compacte, qui se rend dans un petit hangar sombre, dont on ferme les portes et la lumière brusquement. Bruno ne reviendra jamais dans sa maison. Ses parents restent encore plusieurs mois pour tenter de le retrouver, et c'est son père qui comprend le terrible drame en découvrant les habits de son fils près de la clôture. Il suffisait de la soulever un peu pour qu'un garçon de la taille de Bruno puisse s'y glisser.

III. ANALYSE DES PERSONNAGES

Bruno

Bruno est le fils du commandant, et l'un des deux personnages principaux du roman. Il a à peine neuf ans quand lui et sa famille déménagent à côté d'un camp de concentration. Cependant, bien que doté d'une intelligence et d'une réflexion remarquables, il déforme la réalité sans le vouloir. Il pense ainsi habiter à "Hoche-Vite", alors que le lecteur comprend bien vite qu'il s'agit d' "Auschwitz". Le constat est similaire lorsqu'il évoque le "Fourreur", dérivé du sinistre "Führer", le surnom d'Hitler lui-même. Quand Bruno ne comprend pas quelque chose, il va donc tenter d'y trouver une solution en mettant en œuvre son imagination. Pour lui, les gens de l'autre côté de la barrière ne sont que des habitants d'une ville un peu particulière, qui ont le droit de rester en pyjama toute la journée... Et même s'il se rend compte, en pénétrant dans l'enceinte, que la vie y semble terrible, il ne comprend toujours pas qu'il s'agit de prisonniers d'un camp de la mort.

Il est ainsi à la fois astucieux et naïf. Il semble également assez sûr de lui, et contredit souvent Shmuel quand il pense avoir raison. Élevé dans une famille berlinoise stricte, il est très respectueux de ses aînés. Ce qui ne l'empêche pas de les critiquer, mais jamais devant eux. L'épisode du Lieutenant Kotler et de Shmuel dans la cuisine est à ce titre révélateur. En effet, Bruno ne peut avouer à l'officier que le jeune Juif est son ami. On comprend donc aisément que, bien qu'ayant des idéaux déjà solidement réfléchis, Bruno n'en reste pas moins un très jeune garçon, qui n'est pas à l'aise avec l'autorité des gens plus âgés.

Shmuel

Shmuel a le même âge que Bruno, et il est le second personnage principal. C'est un jeune Juif qui a été déporté à Auschwitz avec sa famille, et qui rencontre Bruno un jour où celui-ci longeait la barrière pour explorer les environs. Il est moins vantard et éloquent que son ami berlinois, et il semble également beaucoup plus compréhensif que ce dernier. Au contraire de Bruno, qui a toujours tout eu, Shmuel a eu une existence difficile, mais ne s'en plaint pas. Il semble à ce titre très tolérant, et doté d'une grande maturité. En effet, après l'épisode avec le lieutenant Kotler, il semble ne pas témoigner de rancune à l'égard du garçon allemand. Shmuel est, en fin de compte, un enfant tolérant, vif, compréhensif et ouvert d'esprit. S'il ne semble pas posséder l'intelligence de Bruno, il n'en demeure pas moins un des personnages les plus attachants du roman.

La famille de Bruno

La famille de Bruno est composée de ce dernier, de sa sœur Gretel et de ses deux parents. Gretel est une adolescente fantasque, qui joue sans cesse avec ses poupées et tente de passer le plus de temps possible auprès du lieutenant Kotler. Elle veut toujours se mettre en avant, et ce caractère prétentieux énerve au plus haut point Bruno, qui dit d'elle qu'elle est un "cas désespéré". Rares seront les moments où, du vivant du jeune garçon, les deux personnages s'entendront vraiment... Le père de Bruno est le commandant d'Auschwitz. Il semble à première vue hautain et méprisant, mais ce n'est qu'une apparence. Il est en effet très attaché à sa famille, mais son poste ne lui permet pas de montrer ses sentiments. A la fin du roman, il comprend ses erreurs et perdra totalement sa stature puissante pour (re)devenir le père qu'il était. La mère de Bruno, quant à elle, semble à la fois assez superficielle et compréhensive. En effet, elle semble tomber amoureuse du lieutenant Kotler, est parfois sèche avec Bruno, mais elle reproche également à son mari de les avoir emmenés dans un endroit pareil. "Tu appelles ça un métier ?" lui dira-t-elle. En somme, la famille de Bruno est constituée de personnalités très différentes, avec lesquelles le jeune garçon ne semble avoir que très peu de points communs...

IV. AXES DE LECTURE

Le regard de l'enfance sur l'horreur

Il existe une série de manières différentes d'aborder la Shoah. Le cas d'un livre de jeunesse est à ce titre intéressant, puisqu'il va permettre à un public particulier de se familiariser avec cet épisode douloureux de l'Histoire. En effet, les enfants et, dans une moindre mesure, les jeunes adolescents ne connaissent a priori pas cette période historique. *Le Garçon au pyjama rayé* peut donc se lire comme une introduction à l'ère nazie. Une introduction, car l'ouvrage ne fait qu'esquisser le sombre camp d'Auschwitz, sans en donner trop d'informations. Le récit peut donc s'envisager comme une première prise de contact entre le jeune public et l'horreur nazie.

Pour que ce but soit atteint, il faut utiliser un procédé spécifique. Dans le cas du livre de John Boyne, l'auteur a décidé de prendre le parti du regard subjectif. En effet, toute l'intrigue du roman est centrée sur Bruno, le jeune fils du commandant. À travers sa vision tronquée par l'enfance, on pénètre progressivement dans l'univers horrifiant des camps de la mort.

Par cette technique, Boyne permet au jeune public de comprendre progressivement la mécanique du régime hitlérien. Il s'agit en outre du premier roman de jeunesse de l'auteur, et l'on comprend aisément qu'il a voulu le réaliser de manière à être compris par son public. En effet, Bruno, par ses réflexions, ses idées, a une logique proche de celle de tout enfant. Lorsqu'il confond *Fourreur* et *Führer,* il évoque les difficultés de compréhension des plus petits. Constat similaire quand il s'imagine que les gens de l'autre côté du grillage sont en pyjama. De cette manière, le lecteur s'identifie au protagoniste principal, et comprend avec plus d'implication encore le récit. John Boyne réussit donc son pari, qui est de sensibiliser les jeunes à l'Histoire. *Le Garçon au pyjama rayé,* plus qu'une introduction à la Shoah, peut donc aussi être considéré comme une mise en garde à l'égard des lecteurs. Afin d'éviter qu'une situation similaire ait à se reproduire.

Les opposés que tout rapproche

Bruno et Shmuel sont des enfants nés le même jour. C'est là leur seul point commun. En effet, tous deux sont très différents. Bruno vient d'une famille riche, allemande, et vit dans un luxe certain. Shmuel, quant à lui, est un Juif polonais dont la famille est assez modeste. Pourtant, tous deux deviennent sincèrement amis. Ce thème des "opposés que tout rapproche" est une constante du roman de jeunesse. En effet, en présentant au lecteur des caractères très différents, l'auteur postule que, tout compte fait, tout le monde peut s'entendre. L'exemple est plus fort encore ici, où l'amitié lie les fils de deux peuples férocement opposés à cette époque. John Boyle est un écrivain à succès, notamment grâce à ce livre, il n'est donc pas étonnant de retrouver ce procédé au sein de son œuvre. *Le Garçon au pyjama rayé* peut donc se lire comme un roman de jeunesse à part entière, autant dans le thème abordé que dans les techniques littéraires utilisées.

La rigueur et la tenue allemande

Le Garçon au pyjama rayé nous donne également l'occasion d'observer avec attention les manies et traditions d'une famille allemande durant la Deuxième Guerre mondiale. En effet, par le biais du personnage de Bruno, de nombreuses situations typiques sont présentées au lecteur. L'autorité omnipotente du père, par exemple. Ou l'interdiction formelle d'interrompre les parents. D'autres aspects plus troublants apparaissent également, comme le fait que Bruno ne puisse pas se faire soigner par un Juif. L'auteur nous brosse ainsi une description fidèle de ce qu'était le quotidien d'un jeune Allemand en 1943.

Dans la même collection en numérique

- 11 -

Les Misérables
Le messager d'Athènes
Candide
L'Etranger
Rhinocéros
Antigone
Le père Goriot
La Peste
Balzac et la petite tailleuse chinoise
Le Roi Arthur
L'Avare
Pierre et Jean
L'Homme qui a séduit le soleil
Alcools
L'Affaire Caïus
La gloire de mon père
L'Ordinatueur
Le médecin malgré lui
La rivière à l'envers - Tomek
Le Journal d'Anne Frank
Le monde perdu
Le royaume de Kensuké
Un Sac De Billes
Baby-sitter blues
Le fantôme de maître Guillemin
Trois contes
Kamo, l'agence Babel
Le Garçon en pyjama rayé
Les Contemplations

Escadrille 80

Inconnu à cette adresse

La controverse de Valladolid

Les Vilains petits canards

Une partie de campagne

Cahier d'un retour au pays natal

Dora Bruder

L'Enfant et la rivière

Moderato Cantabile

Alice au pays des merveilles

Le faucon déniché

Une vie

Chronique des Indiens Guayaki

Je voudrais que quelqu'un m'attende quelque part

La nuit de Valognes

Œdipe

Disparition Programmée

Education européenne

L'auberge rouge

L'Illiade

Le voyage de Monsieur Perrichon

Lucrèce Borgia

Paul et Virginie

Ursule Mirouët

Discours sur les fondements de l'inégalité

L'adversaire

La petite Fadette

La prochaine fois

Le blé en herbe

Le Mystère de la Chambre Jaune

Les Hauts des Hurlevent

Les perses

Mondo et autres histoires

Vingt mille lieues sous les mers

99 francs

Arria Marcella

Chante Luna

Emile, ou de l'éducation
Histoires extraordinaires
L'homme invisible
La bibliothécaire
La cicatrice
La croix des pauvres
La fille du capitaine
Le Crime de l'Orient-Express
Le Faucon malté
Le hussard sur le toit
Le Livre dont vous êtes la victime
Les cinq écus de Bretagne
No pasarán, le jeu
Quand j'avais cinq ans je m'ai tué
Si tu veux être mon amie
Tristan et Iseult
Une bouteille dans la mer de Gaza
Cent ans de solitude
Contes à l'envers
Contes et nouvelles en vers
Dalva
Jean de Florette
L'homme qui voulait être heureux
L'île mystérieuse
La Dame aux camélias
La petite sirène
La planète des singes
La Religieuse

À propos de la collection

La série FichesdeLecture.com offre des contenus éducatifs aux étudiants et aux professeurs tels que : des résumés, des analyses littéraires, des questionnaires et des commentaires sur la littérature moderne et classique. Nos documents sont prévus comme des compléments à la lecture des oeuvres originales et aide les étudiants à comprendre la littérature.

Fondé en 2001, notre site FichesdeLectures.com s'est développé très rapidement et propose désormais plus de 2500 documents directement téléchargeables en ligne, devenant ainsi le premier site d'analyses littéraires en ligne de langue française.

FichesdeLecture est partenaire du Ministère de l'Education du Luxembourg depuis 2009.

Plus d'informations sur www.fichesdelecture.com

Notes :